U0134693

童話夢工場

森林公主與猿族王子

作者
耿啟文
Kenny Kan

繪畫
貓十字
Neko Kreuz

目錄

角色介紹

珍妮

快將畢業的大學生，長得非常漂亮。父親是出色的獸醫，在父親的耳濡目染下，懂得和動物溝通，非常關心和熱愛動物。

小泰

在森林裡由猩猩撫養長大的男子，以人類的標準來說，十分高大英俊，在人猿的眼中卻是一個怪胎，盪藤蔓是他的絕技。

波特醫生

珍妮的父親，在奇趣動物園裡擔任獸醫，醫術高明，還能與動物溝通，充滿愛心。

康萊

奇趣動物園的新莊主，是個尖酸刻薄、吝嗇小器、痴心妄想的人。

駝駝

奇趣動物園裡，一頭懶洋洋、時刻都感到無聊的羊駝；但從動物園逃到森林後，變得非常活潑。

山寶

森林裡的一頭母獅子，十分凶猛，與小泰是老冤家。

艾迪

一頭大象，愛開玩笑，與斑馬吉米和長頸鹿莉莉合稱森林裡的美食家，是小泰的好朋友。

吉米

一匹斑馬，富正義感，與大象艾迪和長頸鹿莉莉合稱森林裡的美食家，是小泰的好朋友。

莉莉

一頭長頸鹿，帶點高傲，與大象艾迪和斑馬吉米合稱森林裡的美食家，是小泰的好朋友。

童話夢工場
森林公主與猿族王子

第 **1** 章
失色動物園

潮國的 **奇趣動物園** 本來是一家很受歡迎的動物園，變裝公主和鄰國的世一國王都曾經來收集過獸毛和羽毛。

可是自從動物園易主後，生意一落千丈，因為新東主康萊是個**尖酸刻薄**、**吝嗇小器**的人，一接手動物園就大幅縮減人手和削減開支，導致動物營養不良、無精打采，還常常生病。

幸好動物園裡有一位充滿愛心的獸醫——波特醫生，他悉心醫治患病的動物，減輕了牠們不少痛苦。

波特醫生簡直是個天才，懂得各種動物語言，能與動物直接對話溝通。他的女兒珍妮是一名快畢業的大學生，同樣十分愛護動物，在父親的耳濡目染下，也有和動物對話的技能。

珍妮每逢假期都會來動物園探望父親和園裡的動物，這天她就充當導遊，帶一群家長和孩子來奇趣動物園遊覽。

她首先來到 **羊駝** 園區，說：「先向你們介紹我的好朋友，牠叫駝駝，是一頭羊駝。羊駝是一種很有趣的動物，牠們有著羊的身體和駱駝的頭部，來自南美洲的高原地區，喜歡吃草和各種植物。」

這時駝駝正 **呆頭呆腦** 地咀嚼著雜草，珍妮又對孩子們說：「告訴你們一個秘密，其實珍妮姐姐懂得跟動物聊天，你們信不信？」

「不信。騙人的。」小孩子紛紛表示不信。

「那我給你們做個示範。駝駝，和大家打個招呼。」珍妮說罷轉身對著駝駝，用羊駝語再說一遍：「駝駝，和大家打個招呼。」

駝駝依然保持那副呆頭呆腦的模樣，冷冷地叫了一句：「無聊。」

一眾小孩感到十分驚訝，「牠真的會說話啊！牠說什麼？」

珍妮便為駝駝翻譯，但好意地改了一下：「牠

說⋯⋯很歡迎你們。」

「你好啊，駝駝！」孩子們很興奮。

但駝駝依然很無聊地吃著草。

珍妮只好移步到隔鄰的大籠子，對小孩說：「大家留意到駝駝隔鄰的大籠子裡，住著什麼猛獸嗎？」

他們幾乎異口同聲地回答：「貓！」

珍妮耐心地講解：「牠不是貓，牠是獅子，你們可以叫牠獅仔，這是牠的名字。」

「但牠像一隻病貓啊。」其中一個男孩說，其他小孩也附和。

珍妮往籠子裡一看，果然看到獅仔 四肢 無力 的樣子，便緊張地用獅子語問：「獅仔，你怎麼了？生病麼？」

獅仔的肚子打了一下咕嚕，說：「今天的早餐還沒送來。」

珍妮安慰牠：「你忍耐一下，我估計飼養員很快就會送食物來了，我完成導覽工作再回來看你。」

珍妮於是領著那些小孩和家長，來到一處水池，興致勃勃地說：「各位小朋友，珍妮姐姐現在帶你們來看很可愛的河馬。」

但見小孩完全沒有興奮的反應，個個疑惑地望著那個河馬池，說：「只有河，沒有馬啊。」

珍妮扭頭一看，池裡果然一頭河馬也沒有，尷尬地笑了笑，「不要緊，我們去看看動物園裡最活躍的動物，好不好？你們猜猜是什麼？」

「猴子！」

「你們真聰明！」珍妮便帶他們去猴子園區，那裡有不少大樹。

珍妮隨即問：「你們知道猴子最擅長做什麼嗎？」

她以為孩子會回答爬樹、摘水果、吃香蕉之類，怎料他們的答案是：「懶洋洋地睡覺。」

珍妮苦笑了一下，「你們說的是樹獺吧，大白天只顧著睡覺。哈哈……」

可是她往樹上一看，發現懶洋洋地打瞌睡的果然是猴子，還一副病懨懨的樣子，珍妮立即用猴語慰問：「老孫，你病了嗎？」

老孫說：「沒什麼，好像患了感冒而已。」

珍妮便趁機向小孩講解：「原來猴子病了，動物和人類一樣，也會生病——」

這時候，樹上的老孫突然打了一個大大的噴嚏。

眾家長立刻擔心起來，「我們還是走吧，感染

到疾病就麻煩了，況且這個動物園也沒什麼好看的，一點也不好玩！」說著紛紛帶孩子離開。

　　珍妮**無可奈何**，便前往獸醫大樓探望父親，看見父親正在搬運沉重的醫療用品，連忙上前幫助。

「為什麼你要自己搬東西，其他助手呢？」

波特醫生嘆了一口氣，「動物園早前換了一個新主人，名字叫康萊，他接手後大減經費，裁去八九成人手，導致連食物也不足，動物常常生病。一些久病的動物，康萊還叫我別再花錢醫治了，直接將牠們**人道毀滅**。我當然拒絕，他一怒之下，就將其他工作都分配給我做，包括飼養員、訓練員、清潔工等等，今天下午我還要去兼任票務員呢。」

居然有這麼冷血的人！

珍妮實在看不過去，便勸父親：「爸爸，乾脆辭職不幹！」

「不行！」波特堅決道。

「為什麼？」

「這正是康萊的目的，想迫我自行辭職，他又可以大省一筆。可是，如果我離開了，這裡的動物怎麼辦？誰來醫治和照料牠們？」

「是啊。」珍妮咬牙切齒，卻又無可奈何。

「先別想那麼多，趁還有兩個小時才去當票務員，我要儘快準備好所有工具，替河馬動手術。」

原來河馬病了，正等待做手術，珍妮說：「嗯，趁著假期，我也儘量幫你分擔工作。」

幾日後，康萊來動物園視察業務，動物園經理伴隨在側。

「真是被騙了！這動物園的生意一點也不好！」康萊怒氣沖沖，埋怨買下了這座虧損的動物園，卻不知道是他自己經營不善。

「快想辦法節省開支，多炒掉幾個人！」康萊喝令經理，可是當他踏入動物園後，看見今天園內的遊客增加了不少，有點喜出望外。

但見遊人全圍在獅子籠外，康萊疑惑道：「難道獅子今天表演跳草裙舞？」

　　他和經理連忙擠過去看看，發現遊人根本不是看獅子，而是看一名正在打掃籠子的美女員工。

　　「這是美人魚嗎？」

　　「但她哪裡有魚尾巴？」

　　「如果不是美人魚，那是什麼？難道是美人猴？」

　　遊客們議論紛紛。

　　康萊自己也看得著迷，但同時又大罵經理：「雖然能夠吸引遊客，但這樣的美女，工資一定很高了，你居然沒得到我同意，就亂花錢請人！」

　　「冤枉啊！」經理解釋：「我一分錢也沒有花，這個美女是波特醫生的女兒，是她趁著假期，自己主動來幫忙的。」

　　康萊登時雙眼發亮，心中打起如意算盤來，嘴裡喃喃道：「如果有這樣的妻子就好了，不

但會像照顧動物那樣細心照顧我，她的美貌還能吸引遊客，甚至動物園裡所有動物都可以不要了，讓她來扮演美人魚、美人猴、美人獅就能吸引觀眾，真的非常**划算**，是最好的投資！」

經理聽了，詫異地問：「老闆，你不會是想……」

「對！」康萊露出堅決的眼神。

第 2 章
海上漂流

　　康萊馬上展開行動，趁珍妮前往羊駝園區的途中，上前打招呼：「你好，你是波特醫生的女兒珍妮小姐對嗎？我是奇趣動物園的新主人康萊，幸會！」

　　珍妮十分反感地瞟了他一眼，「原來你就是那個無良東主！」

　　康萊**愣了一愣**，連忙堆笑道：「這當中一定有什麼誤會了，我願意和你一起共進午餐，慢慢向你解釋，而且──」說到這裡，他深吸一口氣，好像要下什麼重大決定一樣，豪氣地說：

 # 我請客！

　　他以為自己已經非常慷慨了，對方一定會答應，怎料這時珍妮已經來到羊駝園區，開始為駝

駝剪毛消暑，並拒絕道：「我工作很忙，沒空和你吃飯！」

康萊連忙說：「工作可以暫停，吃完飯回來再做。」

珍妮立時瞪著他，「除非你重新聘請人手，不用我爸爸負責這些工作，我才考慮和你吃飯！」

但康萊這**吝嗇鬼**又不大願意，苦笑道：「嘻嘻，其實我不介意等你工作完再去吃，但最好不要太晚，因為晚餐會貴很多……」他想想也感到心如刀割。

珍妮別過臉，不理睬他，繼續為駝駝剪毛。

沒想到康萊真的站在她身邊等她，還不停地發問，例如問她喜歡吃什麼？胃口大不大？會做什麼家務等等。

珍妮當然不理會他，直到康萊忽然問了一句：「**你打算什麼時候結婚？**」，珍妮給嚇了一跳，不小心把駝駝的毛剃深了，看上

去缺了一塊。

　　駝駝立即瞪大了眼睛，珍妮連忙用羊駝語解釋：「駝駝，對不起，是他打擾我。」

　　駝駝便瞪向康萊，康萊卻冷冷地說：「瞪著我幹什麼？你的毛怎麼剪也一樣醜！能怪誰？」

　　駝駝生氣了，突然向康萊吐口水。

「喂喂！停啊！竟敢向我吐口水！」康萊慌忙躲開。

但駝駝不放過他，追著他吐口水。把他趕走了。

不過，康萊仍未死心。有一次，珍妮在獅子籠裡打掃，他又來約珍妮吃飯。

「你沒看到我在工作嗎？」珍妮冷淡地說。

「吃飽了才有力氣工作啊。你不想吃豐富大餐嗎？例如薄餅、烤魚、蛋糕、冰淇淋……」康萊刻意列舉各種美食來引誘她。

可是他一邊說，一邊感覺到大腿旁邊有一些熱氣噴過來，低頭一看，發現原來獅仔已靜悄悄地把嘴巴湊到康萊的大腿邊，突然張開血盆大口，準備咬下去的樣子。

其實獅仔只是想作弄一下他，沒想到康萊已被嚇得驚叫：「哇！救命！」然後就屁滾尿流地逃去了。

珍妮垂頭一看，見到地上遺下了一灘尿，獅仔連忙搖頭澄清說：「不是我啊！是他給嚇尿了！」

「唉，又得清潔了！」珍妮嘆了一口氣。

還有一次，珍妮爬到樹上，去哄猴子吃藥。康萊這次準備了禮物——在動物園裡隨手摘來的一朵花——用嘴巴咬住，然後雙手爬樹去找珍妮。

「老孫，你在哪裡？吃藥才會好啊。」珍妮一邊爬樹，一邊用猴語喊叫。

「珍妮，別爬了，和我吃飯去。」康萊跟在後面，吃力地爬著樹，由於咬住了花，說話有點**含糊不清**。

就在這個時候，老孫突然從康萊旁邊的樹枝探出頭來，盯著康萊的**胳肢窩**，不懷好意的樣子。

「喂喂，你想幹什麼？不要亂來啊……」康萊含糊不清地警告。

只見貪玩的老孫伸出了一隻手指，向康萊的胳肢窩慢慢地伸過去，手指尚未碰到他，他的身

體已經酥軟下來，攀不住樹幹，直墮到地上。

「哎唷！可惡！你這隻臭猴子居然敢──」康萊說到這裡突然停住，因為細心一想，老孫的手指其實沒有碰到他，所以他也不知道該怎麼罵下去。

「老闆，你沒事吧？要不要送你去醫院？」經理剛好路過，慌忙扶起康萊。

康萊敲了一下他的頭，「去什麼醫院！我們這裡不是已經有醫生嗎？」

「那是獸醫啊。」

「都一樣！」

康萊接受過波特醫生的治療後，在經理的攙扶下，來到了羊駝園區的圍欄前，像是有什麼 陰謀詭計 的樣子。

「老闆，你叫我扶你來這裡幹什麼？」經理問。

康萊望著圍欄的閘門，胸有成竹 道：「剛

才波特為我包紮的時候，我突然想到不花一分錢就能娶得十全太太的方法！」

「是什麼方法？」

康萊沒有回答，二話不說就打開了羊駝園區的閘門。

經理很驚訝，「老闆，你在幹什麼？」

「哼！這頭羊駝呆頭呆腦，只會吃草和亂吐口水，毫無價值，放走了也不可惜。」康萊說。

平時**懶洋洋**的駝駝，此刻看見閘門打開了，竟然以閃電一樣的速度奔跑離去，康萊和經理都看得目瞪口呆。

一會兒後，珍妮路過發現羊駝區的閘門打開著，駝駝不見了，便問在場的康萊：「發生什麼事？駝駝呢？」

「我正想問你！不是你在照顧牠的嗎？怎麼讓牠跑掉了也不知道？賠償！」康萊惡人先告狀。

「我根本不是你的員工！」

「不管你是不是這裡的員工，有動物因為你而丟失，你就要向動物園賠償，除非……」

「除非什麼？」

「除非，你是動物園的老闆娘，婚約我都準備好了──」

就在康萊拿出婚約時，珍妮卻已經飛快地跑了開去，康萊大聲喊：「喂！你去哪裡？」

珍妮拋下了一句：「我去把駝駝追回來不就可以了嗎？」

她追蹤著駝駝留在地上的腳印，來到一處碼頭，問碼頭工人：「請問有沒有見到一頭米白色的

羊駝？大概這麼大。」她張開雙臂，比劃出駝駝的體形。

碼頭工人卻以為她在講笑話，大笑道：「哈哈，碼頭上怎麼會有羊駝？牠來坐船旅遊嗎？哈哈……」

但珍妮隨即在一艘準備前往非洲的船上，見到心情**異常興奮**的駝駝，在甲板上不斷找有利位置看風景。

珍妮連忙登上那艘船，想帶駝駝回去，著急道：「駝駝，你來這裡幹什麼？這艘船是去非洲的，快跟我回去吧！」

可是駝駝不肯下船，平日經常把「無聊」當作口頭禪的牠，此刻竟然興奮地說：「去玩！去玩！」

說時遲那時快，船已經悄悄出發了，珍妮驚呆地望著大海，不知道自己將會到哪裡去。

第 3 章

人猿搶親

珍妮**迷迷糊糊**地醒來，發現自己正躺在一片海灘上，四周十分荒蕪，完全不知道自己身在何處。

> 這是什麼地方？
> 我為什麼會在這裡？

珍妮十分迷惘。

她發現身旁不遠處有一個半破爛的大木箱，腦海裡的記憶便開始浮現，於是努力回想發生過的事，沒多久就記起來了！

珍妮記得自己和駝駝上了一艘前往非洲的貨船，但航行途中遇到了**暴風浪**，船搖擺不定，她和駝駝連同一個大木箱掉進了大海，在海上漂流，可是之後發生了什麼事就完全沒有印象

了，一定是她已經暈倒，然後隨著木箱漂流到這裡來。

「那麼駝駝呢？」珍妮看不見駝駝，立時擔心起來，不知道牠會不會丟到大海裡。

幸好珍妮很快就發現，海灘上有一行腳印，從木箱那裡延伸開去。

「是駝駝的腳印！牠也上岸了，沒有葬身大海！」珍妮認得那是駝駝的腳印，登時鬆了一口氣，便跟著腳印去尋找駝駝，不斷大聲喊：

駝駝！駝駝！
你在哪裡？

可是腳印來到森林邊緣，進入森林後就看不清了，珍妮只好走進森林去找駝駝。

這座森林十分原始荒蕪，人跡罕至。珍妮小心翼翼地搜索，突然傳來一陣非常可怖的野獸吼

叫聲，嚇了珍妮一大跳。

接著，她看到一頭**凶猛**無比的大猩猩從天而降，剛好落在她的面前，並且惡狠狠地撲向她。

「哇！」珍妮害怕得驚呼大叫，慌忙躲到旁邊的大樹後面。

但那大猩猩根本不追她，而是繼續往前衝，原來那裡還有另一頭大猩猩！

兩頭大猩猩顯然在決鬥，互相推擠、拳打腳踢，還不斷想抓住對方來咬。

看到牠們互相**廝殺搏鬥**的情形，珍妮擔心牠們會受傷，便用猿語大聲勸說：「你們不要打了，這樣會受傷的！」

兩頭猩猩只瞥了她一眼，卻不加理會，繼續扭打。

其中一頭猩猩大叫：「猿女神是我阿諾的！」

「能打贏阿谷再說！」另一頭回應道。

牠們一頭猩猩叫阿諾，另一頭叫阿谷，兩頭猩猩都不聽勸，珍妮忍不住跳出來，擋在牠們中間，制止道：「停手！不要再打了，有事慢慢說！」

　　阿諾和阿谷皺眉望著她，露出厭煩的神情，阿諾說：「這頭雌猿是哪個猿部落的？真煩！」

　　「對啊，怎麼說話跟小泰一樣，煩死了！」阿谷附和道。

　　而這時候，阿諾突然趁機偷襲，用力將阿谷推倒，然後轉身爬樹飛快離去。

　　「可惡！」阿谷狠狠地站起來，掃走臉上身上的沙石樹葉，**惡狠狠**地瞪著珍妮，責罵道：「都是你不好！我的猿女神要被阿諾搶去了！」

　　牠說完立刻一手抓起珍妮，搭在自己的肩上，然後爬上大樹，往阿諾的方向飛躍追去。

　　「哇！你要帶我去哪裡？」珍妮驚問。

　　阿谷沒有回答，只是拚命在樹幹間飛快跳躍。

從兩頭猩猩的對話中，珍妮已知道牠們在爭奪伴侶，如今這頭名叫阿谷的大猩猩抓住了她，難道要拿她做妻子，取代那個被阿諾搶去的猿女神？

珍妮大驚不已，**極力掙扎**著，可是又怕掉到地上摔死，只好抓緊阿谷的毛，隨著牠回到猿部落去。

這時部落裡非常熱鬧，猿群圍在一起，像舉行什麼慶祝活動似的。那頭名叫阿諾的大猩猩，此刻正與一頭毛色特別亮麗的雌猿站在猿群中間，相信這頭雌猿就是牠們口中提到的猿女神了。

「等等！我們勝負未分！」阿谷**怒喝一聲**，揹著珍妮跳了下去。

但阿諾冷笑道：「太遲了，阿谷，你已經輸了！」

「剛才你偷襲我，不算數！」阿谷說著將猿女神搶過來，然後把珍妮扔了過去。

阿諾望了珍妮一眼，怒問阿谷：「你把這醜八怪扔給我是什麼意思？我不要！」

醜八怪？

　　珍妮向來是公認的美人，習慣了別人的稱讚，如今第一次聽到別人說自己醜，感到非常訝異。

　　就在阿諾和阿谷互相拉扯著猿女神的手臂，各不相讓時，一頭特別高大強壯、極具威嚴的人猿走了上前，牠就是這個猿部落的領袖哥查，亦是猿女神的父親。

「別吵了！」哥查大聲喝道：

你倆再認真決鬥一場，
誰贏了就能娶我的女兒，輸了就⋯⋯
娶那醜猿吧！

牠指了一指珍妮。

所有人猿都興奮地歡呼起來，因為部落裡已經很久沒有激烈決鬥了。

在領袖哥查大力鼓動，再加上一眾人猿推波助瀾下，阿諾和阿谷目露凶光，準備大打一架。

眼看一場生死搏鬥將要開始，珍妮又擔心起來，正想開口勸阻之際，突然有一把清澈洪亮的叫聲從半空中傳來：「哦哦哦⋯⋯」

珍妮抬頭看見一個古銅色皮膚、肌肉發達、身手敏捷，不知道是人還是猿的傢伙，正一邊喊叫，一邊抓著藤蔓飛快地盪過來。

眾猿一看到他，都紛紛說：「小泰來了！」但

牠們的語氣態度各有不同，有些充滿期待，有些卻感到厭煩。

這個小泰很快就盪了過來，放開藤蔓，瀟灑地落在猿群中。

而珍妮亦終於可以看清楚，對方並非人猿，更像是一名野人，身上只披著獸皮，若以人類的標準來說，他可謂十分高大強壯、氣宇軒昂，更難得的是，樣貌居然還相當英俊。

不過，最令珍妮意外的，是小泰竟然用猿語，說出了她本來想說的話：「等等！阿諾、阿谷，你們不要自相殘殺，這樣對你們沒有好處！」

第 **4** 章
美與醜

　　小泰向阿諾和阿谷大講道理，說互相打鬥對牠們沒有好處。

　　但阿諾立即反駁：「怎會沒好處？打贏了就能和猿女神在一起！」

　　「打輸就得娶醜猿了！」阿谷苦著臉道。

　　「你又說別的猿醜了！」小泰氣急得頓足，「我說過多少遍，不要**批評**別的猿醜，或許有些猿長得和其他猿很不一樣，但不代表那就是醜，美與醜只是你們自己的偏見……」

　　每次聽到同伴批評別的猿醜，小泰都特別激動，因為在整個猿部落裡，他的外貌被批評得最多，嚴格來說，其實就只有他一個被大家公認是長得醜。

　　阿谷單純地問：「為什麼不可以說？那頭猿是真的醜，和你一樣。你自己看看！」他說著把珍

妮拉到小泰面前來。

小泰望著珍妮，
驚訝得瞪大了眼睛，
不斷地上下打量著珍妮。

珍妮以為那是嫌棄的眼神，忍不住怒問：「你這個眼神是什麼意思？」

小泰聽不懂珍妮的人話，用猿語好奇地問：「你說什麼？」

看來這個野人只會說猿語，珍妮於是用猿語再說一遍：「我問你，你這個眼神是什麼意思？」

這次小泰聽懂了，慌忙解釋：「你別誤會，我只是很驚訝，怎麼會有和我天生一對的猿出現？」

天生一對？

珍妮的面容僵住了。

「嗯！」小泰興奮地點頭，「我本來以為整個森林裡，只有我一頭猿長得⋯⋯這麼⋯⋯特別。但見到你之後，我才知道自己並非孤單一個，森林裡還有你，我們很明顯是天生的一對，真的非常特別──」

但小泰說到這裡的時候，阿谷直率地接上一句：

特別醜！

「你又說這個字了！」小泰對「醜」字特別敏感，立即激動地抗議。

但阿谷和阿諾說話直腸直肚，阿谷說：「我有說錯嗎？你看你們的嘴巴，真是小得可憐。」

「身體也太瘦弱了，看看我的肌肉。」阿諾一邊說，一邊刻意展示自己滿身的肌肉。

小泰大受打擊，牠們每說一句，小泰就傷心地把頭垂低一點。

牠們繼續一唱一和：「最難看的是，你們身上幾乎沒有毛，好像生了什麼病一樣。」

「怪不得要拿一些莫名其妙的東西來遮蓋著身體，但愈弄愈古怪難看。」

「求求你們了，不要再猿身攻擊。」小泰垂頭喪氣，他自小就因為長得和其他人猿不同而深受困擾，如今想起來也眼泛淚光。

一看到小泰流眼淚，領袖哥查就受不了，渾身起了雞皮疙瘩，「你看你看，小泰的眼睛又流出

水來了！好噁心啊，我們都不會這樣！」

　　哥查不想看小泰了，而且已經等得不耐煩，便催促阿諾和阿谷：「別管小泰了，你們快打一架，使出你們所有的力量擊潰對方，就算拿石頭做武器也沒有問題！」

兩猿立時吼了一聲，互相向對方撲過去

　　可是當阿諾想抓起一塊石頭作武器時，卻發現抓不起來，因為他的手被一層層的大葉子包裹著。

　　「我的手怎麼被裹住了？」阿諾很驚訝。

　　「是我裹的。」小泰說。只見他正拿著幾片大葉子，也將阿谷的雙手裹起來。

　　「為什麼裹住我們的雙手？」兩猿呆呆地問。

　　小泰解釋道：「就算決鬥，也要儘量減輕傷害。我們在同一個部落裡，如果互相殘害，導致任何一方死亡或受傷，對部落都沒有好處。」

「可是這樣怎麼決鬥？怎樣分勝負？」阿諾問。

小泰**胸有成竹**地笑了笑，捧起一堆沙，倒在猿女神的雙手上，沙粒隨即從猿女神的指縫間慢慢漏下去，小泰說：「你們現在可以開始決鬥了，直到沙粒漏完，決鬥便完結。到時看你們拳頭擊中對方身體的次數來決定勝負，這樣不是比互相殘害對方的身體更好嗎？」

牠們認為小泰講得也有道理，給說服了，同意用這個方式決鬥，就讓雙手被葉子包裹著，然後拳來拳往地決鬥起來。

哥查看到自己部落裡的雄猿竟然耍著花拳繡腿，用包裹著的拳頭互相碰來碰去，簡直不忍卒睹，重重地嘆了一口氣。

猿女神卻用**既欣賞又無奈**的眼神望著小泰，說：「真可惜啊，小泰你**既聰明又勇敢**，常常有新奇的想法，又懂得製造許多有用的工具，若不是長得……太過特別的話，我也會考

慮接受你的。但你真的是……特別得……令我無法接受。」

一提到「特別」，小泰這才記起剛剛認識，和他一樣特別的珍妮。

這時珍妮正想趁機溜走，但馬上被小泰攔住。

小泰露出 天真無邪 的笑容，突然伸手去翻珍妮的頭髮，奇怪地說:「為什麼沒有……」

珍妮很快就明白到，小泰正在幫她抓蝨子，這是人猿培養感情的行為，珍妮立即把頭移開，嚴肅道:

我沒有蝨!

「居然沒有？」小泰呆了一呆，有點不知所措，但很快又說：「等我一下。」

只見小泰飛快地爬上大樹，像猴子一樣靈活地在大樹之間跳躍，摘下了各種水果和堅果，然後盪著藤蔓回來，把所有水果和堅果全放在珍妮面前。

珍妮知道小泰以為他們彼此天生一對，不禁有點**啼笑皆非**，不知該如何反應。

小泰見珍妮沒有反應，疑惑地問：「不喜歡嗎？那你喜歡什麼？」

珍妮正思考著該怎麼向小泰講解的時候，忽然記起：「駝駝！」

「駝駝？」小泰聽得**一頭霧水**。

珍妮著急道：「牠和我一起來的，我在找牠！」

「牠也是猿嗎？長什麼模樣？」小泰問。

「牠不是猿，牠是羊駝，長這樣。」珍妮撿起一根樹枝，在沙石上簡單畫出了駝駝的外形。

小泰很驚訝，「畫得好漂亮啊！你是怎麼做到的？」

「這不是重點！」珍妮焦急道：「你快看清楚，有沒有見過牠？」

小泰側著頭，反覆從不同角度去看，「沒見過，如果森林裡真有這樣的動物，山寶一定很高興。」

「山寶是誰？」

「一頭母獅子。」小泰說，並指著珍妮所畫的駝駝，「像這樣的動物，簡直是山寶最佳的點心。」

「點心？」珍妮愣住。

而就在這個時候，森林裡突然響起一下震耳欲聾的吼聲，只見所有人猿都馬上爬到樹上躲避，包括仍在決鬥的阿諾和阿谷，也趕快甩掉裹在手上的葉子，爬到樹上去。

珍妮驚問：「剛剛是什麼聲音？」

小泰說：「是山寶捕食時，用來震懾獵物的吼叫聲。」

「獵物？該不會⋯⋯」

珍妮大驚不已，立即往
吼聲的方向奔去，「我要馬
上去救駝駝！」

獵物

第 5 章

最佳點心

那獅吼聲只響了一下就沒有了，珍妮十分擔心，拚命奔跑去。

小泰則爬到樹上，抓起一根藤蔓，同樣向著獅吼的方向盪過去，並喊叫著：「哦哦哦……」

他從一棵樹盪到另一棵，由一根藤蔓換成另一根，兩三下就已經超越了珍妮。

他回頭往下望，對珍妮喊道：「你這樣跑，得跑多久才到啊？而且在地上跑太危險了，快爬上樹來，學我這樣。」

珍妮看見小泰盪著藤蔓確實快很多，便有樣學樣，爬到樹上，抓住一條藤蔓，向前盪去，但沒有學小泰那樣喊叫，她覺得太古怪了。

小泰飛快地前進，以為珍妮能跟上來，可是沒見到珍妮的身影，只聽到珍妮的驚叫聲：「哇哇哇！」

小泰站在一棵樹上，回頭一看，看見珍妮盪了向前，接著又向後盪了回去，在半空中**狼狽**地前後擺盪著。

小泰呆呆地望著她，「你不是趕著去救你的朋友嗎？怎麼只顧玩盪鞦韆？」

「我不是盪鞦韆！我是抓不住另一根藤蔓！」珍妮高聲呼救著。

對人猿來說，那是輕而易舉的事，沒想到珍妮居然做不到。小泰只好盪回去，一手把珍妮接到懷裡，說：「抱緊我，像猿寶寶那樣。」

「你才是猿寶寶！」珍妮**賭氣**不願抱他，但說時遲那時快，小泰已經盪著藤蔓全速前進，比海盜船遊戲還要驚險刺激許多倍，嚇得珍妮驚呼不斷，連忙抱緊了小泰。

在森林深處，母獅子山寶真的從不遠處看到了一頭肥美的米白色「點心」，所以剛才狂吼了一聲。這是牠獵食膽小動物的絕技，因為懦弱的動

物一聽到如此可怖的獅吼聲，通常都會被震懾得僵在原地，不知所措。

　　那米白色的「點心」也不例外，聽到獅吼聲後，果然留在原地，動也不動，沒有逃跑。

　　山寶知道自己成功震懾住對方了，便洋洋得意地慢慢走過去，準備享用點心，一副**志在必得**的模樣。

　　但當牠走近時，發現對方絲毫不像受驚的樣子，而且還非常悠閒地低頭吃著雜草。

山寶認真地觀察著對方，心裡十分疑惑，不知道這到底是什麼動物，以前從來沒有見過，看上去有點像羊，又有點像駱駝⋯⋯

　　但不管牠是什麼動物，看上去都是一頓美味大餐，山寶正想撲過去之際，對方也剛好抬頭看到了山寶，竟然非常高興地和山寶打招呼：

「獅妹？鄰居？」山寶登時目瞪口呆。

動物之間的語言都大同小異，所以彼此能聽懂對方說什麼。

駝駝更和山寶閒話家常起來：「你吃過飯了沒有？我都快餓死了。」

山寶大感訝異，這頭動物竟然不怕獅子？山寶不禁起了戒心，甚至有點**慌慌不安**，因為駝駝剛才說自己快餓死了，難道那是在恐嚇山寶，暗示想把山寶吃掉？

山寶從未見過這種動物，不知道對方有什麼能耐，只好連忙後退兩步，先觀察一下，再伺機而動。

「我以前的鄰居也是一頭獅子，牠叫獅仔。」駝駝一邊咀嚼著雜草，一邊和山寶聊天。

「那麼……獅仔現在怎麼樣？牠在哪裡？」山寶**戰戰兢兢**地問，心中竟然有點緊張，懷疑獅仔會不會就是給駝駝吃掉了？

駝駝微笑著說:「牠——」

山寶吞了一下口水,靜待著駝駝的回答時,小泰和珍妮終於趕到了。

小泰連忙指著山寶,告訴珍妮:「那就是山寶!」

而珍妮則既驚又喜地指著駝駝說:「那就是駝駝!」

看到駝駝如此熱情地親近山寶,珍妮大驚失色,連忙不顧危險放開雙臂,跳了下去,剛好跌在駝駝旁邊的雜草上。

「噢,珍妮,原來你已經醒了。我很餓,所以自己先來吃草。」駝駝漫不經心地說。

珍妮匆匆站起來,厲聲警告道:「駝駝,這裡不是動物園,這裡的獅子會把你吃掉的!」

「怎麼會?我們剛剛還聊得滿愉快的——」駝駝望向山寶,發現山寶的神色有變。

這時山寶已經知道駝駝根本不是什麼猛獸,

於是不再猶豫，立刻撲了上去。

珍妮和駝駝慌忙逃跑。

沒想到駝駝跑得還算快，珍妮極力地跟著牠。

山寶一邊追，一邊盯著珍妮，反感道：「看見這小猿，就讓我想起小泰那臭小子，真想一口吞下肚去！」

怎料小泰的聲音就在山寶上方傳來：「你們快爬上樹來，避開山寶！」

珍妮喊叫回應：「駝駝不會爬樹，我又不能留下牠不管！」

珍妮自然跑得不夠獅子快，眼看她將被山寶撲下之際，**一根長矛突然從天而降，直插在山寶面前，把山寶嚇住。**

山寶抬頭一看，原來小泰帶了一大束木長矛

在身，他一邊在大樹間飛盪，一邊擲出長矛去阻礙山寶。

「小泰，又是你！」山寶看到了小泰這老冤家，登時怒火中燒。

「山寶，不准傷害他們！」小泰警告牠。

長矛不斷在山寶面前擲下，阻礙牠追捕珍妮和駝駝，但總是擲不中山寶，所以山寶也不怕，還**嘲笑**道：「嘿，傷害他們的，好像是你！」

珍妮感覺到長矛不斷在自己身後落下，**心驚膽戰**地說：「你別再擲了，我怕我和駝駝還未被獅子吃掉，卻先給你的矛誤刺而死。」

小泰卻強調道：「不用怕！我的眼界其實很準的，但我不想傷害牠，所以才故意擲不中，只是盡量阻礙牠而已。」

「哈哈……」山寶聞言大笑，「小泰你又在**自圓其說**了。」

山寶接著又吼了一聲，這次駝駝真的給嚇了

一跳，一時失神被樹根絆倒，跌在地上。

珍妮連忙去扶起牠，「駝駝，你怎麼樣？」

這時山寶的利爪亦到了，就在**千鈞一髮**間，小泰被迫擲出一根長矛，擦傷了山寶的前臂。然後小泰還跳了下去，與山寶搏鬥起來，並叫珍妮：

你們快逃！

珍妮想去幫小泰，但見小泰與獅子搏鬥得異常激烈，小泰雙手握著一根矛，抵住山寶的血盆大口，但獅子氣力大，用力一咬就把長矛咬斷了。

小泰連忙滾動到一塊大石的旁邊，等到山寶**乘勝追擊**，張開**血盆大口**要咬下來之際，小泰突然雙手捧起那塊大石，擋住了山寶的嘴。

那時山寶正用盡全力咬下去，卻沒想到自己的牙齒竟咬中了硬堅的石頭，**登時痛得一聲不響，渾身疲軟地倒下，連走路也沒有力了。**

　　「你們沒事吧？趁山寶還未復原過來，快跟我跑！」小泰匆匆帶著珍妮和駝駝逃去。

第 6 章
我們是人類

　　珍妮和駝駝跟著小泰奔跑的途中，恰好經過一處河邊，珍妮立即趁機用河水為駝駝清洗傷口。

　　「幸好摔得不重，只是擦傷了一點皮膚。」珍妮為駝駝洗過傷口後，看看四周，發現小泰已經不知所終，便頓足埋怨：「那個小泰跑哪裡去了？我們不懂路啊！」

　　但話音剛落，樹林裡就出現一個人影，正盪著藤蔓而來。

　　他正是小泰，朝河邊奮力一盪，便盪到了珍妮和駝駝的面前落下，「我回來了！」

　　「你剛才去了──」珍妮正要**大興問罪之師**，卻見小泰二話不說，將一片蘆薈葉掰開，用葉子裡的蘆薈汁液為駝駝敷傷口。

　　「我發現這汁液對療傷很有用，平時我受傷也是敷這個的，部落裡其他猿試過都說效果很好。」

小泰一邊為駝駝敷蘆薈汁液，一邊說。

「駝駝沒有大礙，牠只受了皮外傷。」珍妮說到這裡的時候，突然想起山寶剛才咬到石頭十分痛苦的樣子，不禁有點同情。

她和小泰竟然同時擔心起山寶的傷勢來，異口同聲說：「不知道山寶牠怎麼樣？」

這句話一出口，兩人都十分驚訝地望著對方，尤其是小泰，他又驚又喜地說：「沒想到你也會擔心山寶的傷。每次我關心其他猛獸，部落裡的同伴都會把我當作瘋子和怪胎看待。但原來不止我一個會這樣。」

小泰好像找到**志同道合**的朋友一樣，滿心歡喜地繼續為駝駝療傷。他十分專注地照料駝駝的神態，令珍妮想起了父親，覺得小泰像她的父親一樣有愛心。

小泰發現珍妮在盯著自己，便好奇地問：「為什麼盯著我看？你想學習使用這個汁液療傷嗎？」

珍妮不禁笑了起來，「你以為只有你會用蘆薈液嗎？我早就懂了。我只是覺得，你為駝駝療傷的樣子，有點像我的父親，所以才看著你。」

小泰聽了珍妮的解釋，竟然高興得**手舞足蹈**起來。

「你在高興什麼？」珍妮呆呆地問。

「我很高興，因為你喜歡我！」小泰雀躍地跳著舞。

珍妮**呆若木雞**，問：「我什麼時候說喜歡你？」

小泰解釋道：「你不是說我像你的父親嗎？那表示你想我做你的伴侶。猿女神也是想找一個像哥查那樣威武的伴侶，許多雌猿都是這樣。」

珍妮立刻一字一頓地澄清：

小泰感到莫名其妙，打量著珍妮，又看看自己，「怎會不是猿？我們都是猿！」

　　「我們是人！」珍妮糾正他。

　　「人是什麼？為什麼我是人？」小泰一臉疑惑。

　　珍妮想了一想該怎麼解釋，突然靈光一閃說：

你傷心難過的時候不是會流眼淚嗎？那就是人！

　　「眼淚？」小泰一邊沉思，一邊喃喃自語：「對啊，為什麼我一感到傷心、失望、難過，或者太興奮、感動的時候，眼睛都會有水流出來？但其他人猿很少會這樣……」

　　「因為你是人，有人的感情。」珍妮說。

　　「那麼，你第一次對我說話的時候，所講的是不是人話？為什麼我不會說？」小泰大惑不解。

「那只是因為這裡沒有其他人類，你沒機會學到。」

聽了這個解釋，小泰本來有點失落，但他望著珍妮，突然靈機一動說：「現在有了，你可以教我！」

「好吧。」珍妮答應教他講人話。

他們處理好駝駝的傷口之後，又繼續上路，返回小泰的猿部落去。

一路上，小泰十分好奇地問珍妮關於人類各方面的事情，又要求珍妮立即教他講人話，他覺得非常有趣，**樂不可支**，不斷練習著：「珍妮、駝駝、人類、羊駝、獅子……」

情緒高漲的不止小泰一個，還有駝駝。珍妮發現駝駝有點不對勁，以前牠在動物園裡總是發著呆吃草，口頭禪是：「無聊。」如今來到森林荒野，牠好像一點也不覺得無聊了，而且情緒還相當高漲，口頭禪變成了：「**去玩！**」

牠一看到什麼新奇有趣的事物，就會立即跑過去看看，害得小泰和珍妮疲於奔命地把牠拉回來。

小泰提醒牠：「你還未熟悉這個森林的環境，不要亂跑，遇到猛獸就麻煩了。」

但駝駝好像完全不怕，如同一個貪玩的小孩般，**躍躍欲試**，不斷說：「去玩！」

珍妮亦勸導：「這裡不是動物園，如果隨便和

野獸玩會很危險。況且現在時候不早了，要儘快回到小泰的部落裡，才比較安全。」

小泰哄駝駝：「我答應明天帶你去認識森林裡的一些朋友，但現在你要先跟我回去休息，好不好？」

「好。」駝駝立即聽話，跟著小泰走。

他們回到猿部落時，太陽已經開始下山。

珍妮吃了一些水果**果腹**，駝駝則想跟其他人猿玩耍，可是牠們都在樹上玩耍，駝駝不懂爬樹，無法參與，感到非常失落。

天漸漸黑了，駝駝忽然躺在地上，小泰問牠：「你在幹什麼？」

「睡覺啊。」

「你怎麼可以就地睡覺？」小泰大驚不已。

「為什麼不可以？我在動物園裡也是直接躺下就睡的。」

「你以前住的地方真安全啊。」小泰有點羨慕，

「但這個森林危機四伏，你這樣直接躺在地上睡覺，等於送羊駝入獅子口，太危險了！」

小泰於是找到了一道岩石縫，讓駝駝藏身在石縫裡睡覺，而且石縫外面的草很高，能完全遮蔽著牠。

安頓好駝駝後，小泰去看珍妮，發現她竟然躺在樹上的一張吊床上。原來珍妮剛才趁小泰為駝駝尋找安全地方睡覺時，自己利用藤蔓在樹上結了一張吊床，還鋪上了柔軟的樹葉。

小泰看到了，驚訝地問：「這是你築的巢嗎？和我們的巢很不一樣！你是怎麼築的？」

「厲害吧？」珍妮很得意。

小泰感到十分好奇，伸手搖著吊床，仔細地看了又看。

「別搖了，我要睡覺，你也趕快回到自己的巢裡睡吧，今天真的太累了。」珍妮望著夜空中的繁星，覺得很漂亮，然後不知不覺就睡著了。

當第二天晨光把她照醒時，她伸了一個懶腰說：「真舒服！」

然後她聽到了回音：「真舒服！」

但是她很快就知道那不是回音，因為她講的明明是人話，回音怎麼可能會變成猿語呢？

珍妮連忙向聲音方向看去，發現原來在她旁邊不遠處，也有一張吊床，小泰正躺在上面，同樣伸著懶腰說「真舒服」。

「這吊床——是你做的嗎？」珍妮指住小泰的吊床，驚訝地問。

「是的。」小泰說：「我看到你那個也是用藤蔓和樹葉做的，我便試著做，原來也不難。」

「沒想到你學習得這麼快。」珍妮感到意外。

「哈哈，大家都說我是部落裡最聰明的一個。」小泰沾沾自喜。

珍妮哭笑不得，因為部落裡全都是人猿，他自然是最聰明的一個，沒什麼值得沾沾自喜

的。

而就在這個時候，駝駝的聲音從下方傳來：
「去玩！」

牠顯然在催促小泰，履行昨天答應過牠的事。

「我記得我記得。現在就帶你去認識新朋友，牠們都是森林裡的美食家。跟我來！」小泰大喊一聲，又盪著藤蔓而去了。

駝駝則跟著小泰的方向奔跑。

「森林裡的美食家？不會是獅子和獵豹吧？」珍妮一想到小泰剛才那句話，不禁有點擔心，立刻又學小泰那樣盪著藤蔓追去，並大喊：

喂喂！等等我啊！

第 7 章

小泰的身世

在森林裡，一處草木茂盛、風景優美的河邊，大象艾迪正在用長長的鼻子，從一棵大榕樹上夾下了幾片樹葉來，送進嘴巴裡，一臉陶醉地說：「清晨的榕樹葉，綠意盎然，帶著森林的芬芳，每一口都充滿著生機，彷彿蘊藏著大自然的秘密，在舌尖上散發出令人心曠神怡的滋味。」

斑馬吉米則在河邊品嚐著青草，愉快地說：「河邊的草一片綠油油，特別幼嫩，水分充足，口感柔軟而帶有韌性，是我的最愛之一，愈吃愈感到**活力充沛**。」

而莉莉這位長頸鹿小姐看上去有點高傲，慢慢地走向一棵相思樹，長長的脖子伸向樹冠，仔細地咬下一片片嫩綠的樹葉，優雅地咀嚼著，細細品味，「葉子大小適中，在口腔裡散發著淡淡的清香，彷彿大自然的馨香都融入其中——」

就在莉莉高雅地品評著美食的時候，忽然傳來一陣庸俗的吶喊聲，大煞風景：「哦哦哦……」

原來是小泰盪著藤蔓來到了河邊，心情看來相當興奮，一落到地上，便雀躍地向牠們打招呼：「艾迪、吉米、莉莉，我給你們介紹兩位新朋友，你們一定會喜歡。」

話音剛落，駝駝已經奔跑趕上來，站在小泰旁邊，搶著自我介紹：

大家好，我叫駝駝。

「你好啊，你是羊嗎？」艾迪好奇地問。

駝駝還來不及回答，吉米已經忍不住揶揄艾迪：「人家的名字叫駝駝，當然是駱駝了，你的腦袋裝草啊。」

艾迪立即反擊：「你天天吃那麼多草，你的腦

袋才裝草！」

小泰連忙介紹：「珍妮說駝駝是羊駝，我也是第一次見到羊駝呢。」

「珍妮又是誰？」莉莉冷冷地問。

「她就是我要介紹給你們的另一位朋友，不過她有點慢，現在還沒盪到來。」小泰手掌橫放在額頭上擋住陽光，遠眺了一下，仍未見珍妮的蹤影，便先向牠們介紹駝駝：「駝駝的飲食習慣跟你們差不多，你們可以做朋友。」

「差不多？」莉莉高傲地質疑，「我們可是森林裡的美食家，想加入我們美食家聯盟，先說說你吃過什麼美食吧。」

駝駝想了一想，便說：「在動物園的時候，我覺得最好吃的是駝峰牌，**它們家的產品標榜草葉味濃郁，粒粒分明，口感爽脆，調味恰到好處⋯⋯**」

艾迪、吉米和莉莉聽著駝駝的形容，無不口

水直流，卻又十分疑惑，吉米問：「那到底是什麼植物？我從來未吃過這樣的草。」

「我也沒吃過這樣的樹葉。」大象和長頸鹿齊聲附和。

那是飼料。

TUOFENG

駝駝說，然後嘆了一聲，「不過，自從動物園換了新主人後，飼料也**換了一家又一家**，而且品質愈換愈差，最後只能吃雜草⋯⋯」

就在這個時候，又有一陣怪叫聲傳來，但跟小泰剛才的吶喊聲有點不同，這更像求救聲：「哇哇哇⋯⋯」

大家抬頭看去，原來珍妮終於盪著藤蔓趕到了，可是完全失控，直掉了下來，幸好小泰及時把她接住。

艾迪、吉米和莉莉好奇地望著珍妮，小泰便介紹：「她就是珍妮了。」

「沒想到小泰你原來有一個妹妹。」吉米驚訝道。

「真的長得**一模一樣**。」莉莉看看珍妮，又看看小泰。

但珍妮望見小泰那副野人的模樣，連忙反對：「才不一樣！我新潮時尚得多！」

珍妮刻意說人話，不說猿語，想與小泰劃清界線，結果大家都聽不懂。

大象艾迪突然用鼻子夾了幾片樹葉，遞給駝駝，「今天真高興，能認識兩位新朋友，這些樹葉送給你吃，歡迎加入美食家聯盟。」

駝駝滿心歡喜，伸脖子去吃樹葉，可是就在牠的嘴快要碰到樹葉時，艾迪突然貪玩地移開鼻子，不讓駝駝吃到樹葉，更隨即大笑：「哈哈……」

駝駝不斷伸脖子去吃樹葉，但艾迪每次都快一步移開，令駝駝非常**狼狽**。珍妮覺得艾迪就像那些賣土耳其冰淇淋的商販在逗弄著小孩一樣，十分好笑。

「艾迪，你別欺負新朋友！」吉米說。

「我跟牠開玩笑而已，哈哈……」艾迪依然不斷移開樹葉，逗弄著駝駝。

「駝駝，我來幫你！」吉米看不過眼，也跑過來幫忙搶樹葉，可是艾迪屁股一擺，就把吉米撞

開了。

「哈哈……」艾迪哈哈大笑，像跟牠們玩起相撲來一樣。

珍妮也笑了，「牠們好像玩得很開心。」

「我們也玩吧，我發明了一個遊戲！」小泰不知什麼時候已捧來一個西瓜。

「什麼遊戲？」珍妮問。

小泰笑了笑，把西瓜放在地上，然後用腳一踢，西瓜就在長頸鹿莉莉的四隻腳之間滾了過去。小泰雀躍地說：「就像這樣，西瓜穿過莉莉的腳就贏，看誰次數最多。」

珍妮有點**哭笑不得**，「你連足球都發明出來了。」

而莉莉看見西瓜在自己四隻腳之間穿過，登時不滿道：「小泰，我說過多少遍，別拿我來玩遊戲！」

「為什麼？一起玩吧！」小泰不管牠，繼續和

珍妮踢西瓜；艾迪牠們覺得好玩，亦紛紛加入。

莉莉則極力想將西瓜踢開，結果他們全都踢起西瓜來，還愈踢愈開心。

在接下來的日子，珍妮和駝駝天天跟著小泰與其他動物一起玩耍。

珍妮不忘教小泰講人話，而小泰亦教珍妮盪藤蔓。他們還經常與獅子、獵豹等猛獸鬥智鬥力，驚險刺激。

小泰的學習能力十分強，很快已經能講基本的人話了。

自從遇到珍妮之後，小泰感到非常開心，因為從來沒有其他猿能和他這樣投契。小泰有一天忍不住慨嘆：「如果你能早點來到這裡就好了。」

珍妮聽了這句話，突然愁眉深鎖。小泰緊張起來，「什麼事？你不喜歡這裡嗎？」

「不是。」珍妮搖搖頭，「我只是⋯⋯在想我的父親。」

原來珍妮想家了。提起家人，她禁不住好奇，問起小泰的身世：「對了，你是怎麼來到這裡的？你的父母呢？」

小泰茫然地搖著頭，「我也不知道，我自小就在這裡。哥查說牠有一天在海灘發現了我，那時我還是個寶寶，躺在一個像是樹藤做的籃子裡，旁邊還有一塊很奇怪的正方形大木頭。哥查不知道我是哪一頭雌猿所生的，被遺棄在那裡，便把我帶回部落去。」

珍妮皺了皺眉，「你說的『正方形大木頭』，應該是一個箱子，你有打開來看過嗎？裡面或許會有關於你父母的東西。」

「那東西還在，我帶你去看。」小泰立即帶珍妮去到一個隱蔽的大樹洞，樹洞內收藏了小泰所講的藤籃子和那個「奇怪的正方形大木頭」。

珍妮一看就知道那是人類的嬰兒**搖籃**，而「正方形大木頭」果然是一個木箱子。

小泰捧起那木箱，搖了幾下，發出了零零碎碎、碰碰撞撞的聲響，他憶述道：「當初聽到這些聲響，我以為裡面有什麼吃的，可是怎麼也打不開。直到我長大了，頭腦變得愈來愈靈活，忽然想到可以用石頭**砸開**那個扣子，便立即嘗試，果然成功打開來了，可是裡面原來只是一堆碎石頭。」

小泰口中的「扣子」就是木箱的鎖，他說著打開了木箱，讓珍妮看裡面的東西。珍妮一看就驚呆住了。

「很失望是不是？」小泰**撥弄著**那些石頭，「當時我的反應和你一樣，失望極了，裡面只有一堆沒有用的碎石頭。」

「誰說這些東西沒有用！」珍妮激動道：「它們不是普通的石頭，而是價值連城的寶石！」

「寶石？」小泰呆呆地問：「寶石是什麼？」

珍妮極力向他講解：「寶石就是非常值錢的石

頭，而錢⋯⋯能拿來和別人交換很多東西，甚至讓人為你工作。你明白麼？」

「好神奇啊！原來這麼有用！」小泰連忙把幾顆寶石藏進獸皮衣服的口袋裡，以備**不時之需**，然後問：「那麼我的父母是誰？」

小泰記得珍妮說過，箱子裡的東西或許與他的父母有關。珍妮一邊想，一邊推敲道：「你顯然和我一樣，是海上遇到意外漂流到這裡來的，而能夠在海上有這麼多寶石的⋯⋯難道⋯⋯你的父親就是⋯⋯多年來一直被 **通緝** 的海盜王？」

小泰瞪了一下眼，「我父親的名字叫海盜王？」

「不。海盜是海上的盜賊，他們會把其他人的東西全部搶過來，甚至殺害其他人。而海盜王就是海盜的首領！」珍妮向他解釋海盜王的意思。

「哥查牠們如果知道了，一定會覺得我的父親很屬害！」小泰先感到自豪，但很快又臉色一沉，

「可是……為什麼我心裡有點不舒服，很替那些被海盜**搶劫**的人難過……」

珍妮微笑著安慰他：「這說明你是一個善良的人。」

而這時候，森林裡突然傳來一聲巨響。

「那是什麼聲音？打雷嗎？」小泰很疑惑。

珍妮卻認得：「那是槍聲！」

「槍聲？」小泰依然不明白。

珍妮分析道：「有槍聲，那就表示森林裡有人，是人類！」

「真的？」小泰很興奮，「那麼我們又有多一個同類朋友了！」

珍妮本來也很興奮，因為如果有人前來，她或許就能得救，可以回家。但是她又馬上想到：「糟糕了！槍聲也表示對方是獵人，正在**狩獵**！」

「狩獵？」小泰瞪大了眼睛。

「就是殺害動物！」珍妮著急道：「你趕快回

去部落通知其他猿躲起來，我去制止獵人狩獵！」

「可是你……」小泰擔心她。

「不用擔心，獵人不會傷害人類。」珍妮說。

他們於是分頭行動。

第 8 章

大捕獵

　　珍妮的推測沒有錯，來了這座原始森林的，是獵人，而且不止一個，是四名獵人，加上聘請他們的老闆康萊，還有奇趣動物園那位經理，一共有六個人。

　　四名獵人已經分頭去**狩獵**了，不時傳出槍聲。

　　康萊聽到槍聲，滿意道：「看來這座森林真的有不少動物，你是怎麼知道這個地方的？」

　　經理苦笑著不懂回答，因為他根本不知道這裡是什麼地方，只是船的燃料已用了近一半，就隨便找個陸地登岸狩獵去。

　　康萊和經理同樣拿著麻醉獵槍，在森林裡探索。康萊一想起奇趣動物園的狀況就抱怨道：「以為放了那頭羊駝，就可以迫珍妮做我的夫人，沒想到羊駝沒有了，連珍妮也逃跑不見了，真是賠了夫人又折兵！動物園再不補充一些新血，就要倒閉了！」

原來他想為動物園補充新血，所以組織狩獵隊去一些無人規管的森林捕捉動物，把動物園裡的「**老弱殘兵**」換掉。

　　經理連忙安慰他：「老闆，放走那頭羊駝也不是什麼損失，你不是一向覺得牠懶洋洋、病懨懨、一無是處、毫不吸引的嗎？」

　　怎料話音剛落，在他們面前不遠處，就有一頭異常活潑，正在和大象、斑馬、長頸鹿互相追逐，踢著西瓜的羊駝。

　　康萊很驚訝，指著那羊駝說：

那……怎麼同樣是羊駝，和我們動物園那一頭相差這麼遠？

「對啊，原來羊駝可以這麼活潑的嗎？」經理也很詫異。

他們不知道眼前這頭活潑的羊駝，其實就是他們動物園裡的駝駝！

「一群會踢西瓜的動物，放在我們動物園裡，必定能吸引很多遊客！」康萊雙眼發亮，立即提起獵槍，發號施令：

獵回去！

康萊和經理同時開槍，第一槍打不中，卻驚動了駝駝與牠的伙伴們。

駝駝見到了康萊和經理，訝異得幾乎不能說話，「他……他……康萊……」

大象艾迪記得這個名字，「就是你常常提到的那個壞蛋？」

這時康萊和經理已經愈走愈近，並用麻醉獵

槍瞄準了牠們，駝駝立即大叫：「快逃命啊！」

駝駝、艾迪、吉米和莉莉慌忙四散逃跑，康萊和經理則拼命去捕獵牠們……

狩獵隊在森林各處肆意捕獵，槍聲四起。珍妮正盪著藤蔓去制止，但槍聲非常難追蹤，四面八方都有，並且不停改變。

直到槍聲停止了好一會，珍妮發現地上有似是動物被拖行的痕跡，於是追蹤著，一直來到了岸邊，被眼前的情景嚇呆住。

她看到艾迪、吉米、莉莉、山寶，還有不少其他動物，全部昏迷躺在海灘上，被幾名獵人逐一搬運上船。而指揮著獵人工作的，竟是康萊！

珍妮連忙跑過去，驚訝地問：「你怎麼會來這裡？」

康萊看到了珍妮，簡直不敢相信自己的眼睛，「珍妮？是緣分啊……」

「你在幹什麼？你要把這些動物帶回動物園去嗎？」珍妮質問他。

康萊立即板起臉說：「都是你不好，你丟失了我們一頭羊駝，所以我要來這裡捕獵一些動物回去。」

他突然向珍妮攤開手掌追討：「快賠償！你忘記了嗎？賠不起的話，可以考慮和我訂立婚約。」

「我才不會和你訂婚約！我已經——」珍妮差點衝口而出說她已經找到了駝駝，可是細心一想，駝駝很喜歡這裡**自由自在**的生活，如果被康萊關在動物園裡，又會變回以前無精打采、暮氣沉沉的模樣，十分可憐。

「你已經什麼？已經跟別人訂婚約了嗎？」康萊著急地追問。

珍妮不知所措之際，森林裡突然傳來小泰的吶喊聲：「**哦哦哦……**」

康萊隱約看到一個人影正盪著藤蔓而來，感到十分詫異，「森林裡竟然還有其他人？那是誰？」

珍妮想起小泰的身世，擔心他海盜之子的身

份一旦曝光，會被貪錢的康萊抓去領懸紅，便連忙說：「那不是人，是人猿！」

其實是駝駝帶著小泰來拯救各位同伴，小泰大聲喊：

珍妮，我來救你們！

「人猿會說話？是你教牠的嗎？」康萊非常驚訝，雙眼迅即又發亮，「把牠放在動物園裡，想不發財也難了！獵回去！」

他一聲令下，眾獵人紛紛舉槍指向小泰，小泰知道來者不善，便向他們擲長矛，但和對付山寶一樣，善良的小泰故意擲不中對方，只是恫嚇他們，然後奮力一盪，整個人直撲了過來，想徒手制服敵人。

可是他不認識麻醉獵槍的屬害，獵人向他開槍，他立即應聲倒地，昏迷過去。

小泰中槍後，駝駝也接著被射中，康萊欣喜若狂，「太好了！會踢球的大象、斑馬、長頸鹿，懂得說話和穿衣服的人猿，再加上這頭特別活潑的羊駝，真是滿載而歸！快把牠們抬上船，要小心一點，特別是這頭人猿，很有攻擊性。」

　　看見獵人正要把小泰和所有動物一一搬運上船，珍妮十分著急，深吸了一口氣，大聲喊：「等一等！」

　　所有人呆呆地望著她，特別是康萊。

　　「如果我答應跟你回去，與你訂立婚約，你是不是可以放棄這裡的動物，不帶走牠們任何一個？」珍妮問。

　　「放棄牠們？」康萊望著眼前這些「珍禽異獸」，顯得十分依依不捨，還拿出計算機來計算，激動地說：「你知道這趟狩獵旅程我花了多少錢嗎？而且難得發現了這些奇趣動物……」

　　可是康萊好像想到了什麼，態度突然一百八十

度改變，深情地說：

> 但為了你，
> 我可以放棄一切。

　　康萊當然沒有那麼偉大，他心中在**盤算**著，等結了婚之後，可以再偷偷派獵人來這裡捕獵。

　　而珍妮為了拯救小泰、駝駝和這裡所有的動物，只好答應跟康萊回去。

第 **9** 章
天生一對

　　不知道過了多久，小泰才漸漸醒來，發現自己仍在海灘上，其他動物也**安然無恙**，立時鬆了一口氣。

　　但是，唯獨珍妮不見了！

　　所有動物都哀傷地望著大海，小泰立即緊張地問：「珍妮呢？發生什麼事？」

　　這些動物當中，竟然有人猿阿諾和阿谷，阿諾說：「她跟另外幾隻醜猿，上了一塊很大很大的木頭走了。」

　　「你怎麼知道？」小泰問。

　　阿谷搶著回答：「我們親眼看到的。本來你說有危險，叫我們躲起來，可是我們想向猿女神展現威風，所以就跟著你來了。但來到時，只見你們已經全倒在海灘上，而珍妮剛好與幾隻醜猿爬上大木頭飄了出海。」

「他們一定會淹死。」阿諾搖頭嘆息。

但駝駝說：「不會，你們說的大木頭是船，可以在海上航行。」

小泰連忙問：「珍妮要去哪裡？回家嗎？」

駝駝推測：

如果我的估計沒有錯，珍妮一定是用自己來交換我們的自由，答應了婚約。

婚約？

小泰呆了一呆。

「那個康萊一直想珍妮做他的夫人。」駝駝解釋道。

小泰立即緊張地問：「那麼珍妮喜歡他嗎？」

「當然不喜歡！康萊是個壞蛋！」駝駝說。

得知珍妮要嫁給自己不喜歡的人，小泰登時傷感得又流下淚來。

小泰突然跑向一個破爛的大木箱，問駝駝：「你和珍妮就是坐這個船來的嗎？我也要坐這個船去救她！」

　　駝駝緊張道：「雖然我們是坐這個來，但這是木頭，不是船啊。」

　　「為什麼他們的就叫船，我這個卻是木頭？反正都一樣，我一定要去救珍妮！」*小泰說著已將破木箱推到海裡，迅速跳了上去，拿起一塊從木箱剝落下來的長木板，划著水前行。*

　　眾動物看著小泰漸漸遠去，說：「小泰坐船航行了。」

　　但這次駝駝卻說：「不，他一定會淹死。」

─────────────────────

　　大約一個星期後，為了節省開支，康萊在自己的動物園裡舉行婚禮。

珍妮穿上了潮國著名時裝設計師香奈所做的漂亮婚紗，吸引了不少遊客來觀禮。

證婚人更由經理擔任，向珍妮宣讀提問：「珍妮小姐，你是否願意嫁康萊為妻？」

珍妮有點**猶豫不決**，波特醫生在旁邊勸道：「女兒，你不必這樣做，不願意就拒絕啊。」

康萊立時瞟著波特，警告道：「別以為你是我的岳父就可以放肆，信不信我把你趕回獸醫大樓工作，不准你參加女兒的婚禮！」

波特只顧望著珍妮，提醒她：「女兒，你要想清楚。」

珍妮依然猶豫不決，康萊便威脅道：「你的確要想清楚，想想那些在森林裡自由自在的動物，你希望我把牠們帶過來嗎？」

珍妮無可奈何，深吸了一口氣，正想開口回答之際，忽然傳來一陣叫聲：**哦哦哦……**

珍妮認得這聲音，大感意外，「是小泰！」

但首先出現的，並非小泰，而是動物園裡的

動物，包括獅仔、虎仔、老孫、河馬等等，牠們紛紛用自己的語言說：「我反對！我們反對！」

只有波特和珍妮聽得懂牠們說什麼，而康萊則怒問經理：「為什麼這些動物會跑了出來？」

「我……我不知道啊。今天我的身份是證婚人。」經理說。

「哇！動物逃脫了！」眾遊客大吃一驚，慌忙逃跑。

但這時候，一名**英俊不凡**的紳士突然出現，連珍妮也差點認不出他是小泰！

只見小泰穿著一身禮服，梳理整齊，高大英俊，吸引不少女遊客連獅子老虎都不怕，紛紛駐足圍觀，讚嘆道：「好帥啊！是哪裡來的帥哥？」

「小泰……你……怎麼會來這裡，而且你的衣服……」珍妮十分詫異。

小泰已經習慣講人話，解釋道：「我知道你被迫跟壞蛋走了，所以就坐你和駝駝那隻船來找你。」

「你說那個破木箱？竟然沒有沉嗎？」珍妮問。

「沉了！」小泰說：「一到海中心就沉了，但幸好遇到另一艘大得多的船，他們將我救起，然後我記得你說過那些寶石很有用，可以差使人做事，我於是拿出幾顆，給了一個叫船長的人，讓他送我去你曾提過的奇趣動物園。他高興得不得了，不但送我來，還說整艘船都給了我，更把他年輕時最喜歡的衣服給我換上。」

「然後你就來了，還放了這些動物？」珍妮**喜出望外**。

「對。」小泰點頭道：「牠們帶我來找你。」

小泰好奇地看看四周，發現許多和他長得一樣的女遊客在向他揮手。小泰驚訝道：「原來還有這麼多長得和我一樣⋯⋯特別的人。她們好像很喜歡我呢。」

「對啊。所以不止我一個，世界上還有很多人和你天生一對。」珍妮說起這句話時，竟然有點醋意。

小泰十分認真地說。

「為什麼？」珍妮臉紅起來。

小泰突然用回猿語說：「因為只有你長得和我一樣之餘，還能聽懂我說的話，而且同樣會關心其他動物，就連我們所做的吊床，看上去都是天生一對的。」

就在小泰和珍妮含情脈脈地對望著的時候，康萊氣憤地指著小泰責罵：「你竟敢在我的婚禮上，和我的未婚妻打情罵俏！」

珍妮馬上糾正他：「對不起，康萊先生，我不是你的未婚妻，現在我正式告訴你⋯⋯」

我不願意！

珍妮說完這句話後，身上漂亮的婚紗突然變成了野人的獸皮裝！

大家都很驚訝，尤其是小泰，「怎麼你的衣服忽然變了？」

波特醫生代為解釋：「這是我找變裝公主給珍妮做的，衣服會隨著人的性格和想法而改變。」

　　小泰也一手把身上的禮服除掉，回復了原來的獸皮裝，與珍妮配成一對。

　　「可惡！」康萊氣急地吩咐經理：「快報警！將這個搶我未婚妻的賊子抓了！」

　　珍妮擔心小泰被抓，連忙說：「我們快走吧！」

　　他們於是立即逃走，波特醫生與其他動物也跟著一起逃。

第 **10** 章
森林公主

　　珍妮、波特醫生與奇趣動物園的所有動物，一起來到碼頭，乘坐小泰用寶石所買的那艘船，出發前往小泰原來居住的那個森林。

　　小泰還擔當船長，珍妮驚訝道：「你連船都會開了？」

　　小泰自豪道：「你忘記了我是部落裡最聰明的一個嗎？我跟那個船長學的！」

　　船駛了三天三夜，終於到達，泊在岸邊，一眾動物迫不及待率先登岸，而海灘上亦有不少動物來「迎接」牠們，有和善的，也有不懷好意的。

　　母獅子山寶看見來了這麼多「點心」，興奮地從森林裡飛奔出來，但獅仔立刻把牠攔住。

　　「你好，我叫獅仔。」

　　山寶打量了一下獅仔，高傲地說：「我沒時間和你搭訕，我要開餐。」

「牠們都是我的朋友，請你不要吃牠們。」獅仔說。

山寶很驚訝，「**你居然和食物做朋友？**」

獅仔解釋道：「在動物園裡，我根本不用吃牠們，每天都有專人給我食物。」

「不用捕獵就有大餐吃？那簡直是天堂啊！」山寶十分嚮往。

「不過住在動物園也有不好的地方，例如沒有自由，不能盡情奔跑……」獅仔和山寶不知不覺走進森林去，一邊散步一邊聊天，山寶對動物園的事感到非常好奇。

老孫一看到阿諾和阿谷，就跟著牠們去猿部落玩耍。

大象艾迪、斑馬吉米和長頸鹿莉莉帶河馬去河邊。

駝駝則帶虎仔去跟獵豹賽跑。

牠們從動物園來到森林，很久沒有體驗過這

樣自由、暢快的感覺了，都異常興奮，四處奔跑玩耍，結識新朋友，情況就如駝駝初來時一樣。

波特醫生花了十多天的時間，與珍妮、小泰合力搭建了一間小木屋，打算暫時留在這裡居住，醫治森林裡生病或受傷的動物。

就在小木屋剛建好的時候，海邊突然又傳來槍聲，而且十分響亮，更像是炮彈聲。

「難道康萊又帶獵人來打獵了？」他們大驚失色，小泰和珍妮立刻盪藤蔓去看看。

兩人來到海邊，竟見到一艘軍艦剛泊岸。

珍妮慌忙勸小泰：「趕快躲回森林去！一定是你的海盜之子身份被發現了，軍隊來抓你。」

可是來不及了，大隊軍隊已經迅速登岸，個個持著槍，將小泰和珍妮包圍住。

不過奇怪的是，這些士兵都沒有用槍指著小泰或珍妮，反而恭敬地向小泰敬禮。兩人感到愕然之際，有兩個大人物從軍艦下來，珍妮認得他

們就是潮國的國王和王后！

　　國王和王后急步走到小泰面前，驚訝地把小泰全身打量個遍，感動得淚流滿面，王后先開口：「果然是你啊，約翰！」說著更撲前擁抱著小泰。

「約翰？」小泰感到莫名其妙。

國王便解釋：「你上次在動物園裡大鬧婚禮，還放走了動物，園主報警，現場留下了不少你的指紋和掌印，經過驗證之後，證實你是我們二十年前遇上暴風浪掉進大海裡失蹤的約翰王子，沒想到你原來生還了！真是太讓我們高興了！」

珍妮望著小泰，看起來果然跟國王和王后長得十分相似。

國王望向珍妮，說：

是你發現我們王兒的嗎？
謝謝你！為了答謝你，
我決定封你為森林公主，
將這座森林佔領下來，送給你。

「不。」珍妮連忙拒絕，「森林是屬於所有動物的。」

「嗯。」國王點點頭，然後問：「那麼，你想要什麼賞賜？」

「我不需要任何賞賜。」珍妮說到這裡的時候，突然想到了什麼，「不過，如果可以的話，我希望將奇趣動物園改裝一下。」

「沒問題！」國王一口答應，「那個園主因為**經營不善**，已經破產了。我可以把動物園買下來，送給你。」

「謝謝國王！」

於是，珍妮把奇趣動物園改裝成奇趣動物度假酒店，讓各動物輪流來酒店度假，享受美食、浸溫泉、專人按摩，甚至看電影等等。

康萊為了還債，要在酒店裡打工，學習各種動物語言，為動物顧客服務。

這天，大象艾迪、斑馬吉米和長頸鹿莉莉在酒店裡一邊泡溫泉，一邊享受康萊餵給牠們的駝峰牌頂級飼料零食。

三位美食家一臉陶醉，艾迪說：「駝駝沒有騙我們，駝峰牌的飼料果然好吃，草葉味濃郁。」

「真的粒粒分明，口感爽脆。」

吉米嘴裡發出「嚓嚓嚓」的咀嚼聲。

　　「泡著溫泉享用美食，真是一大享受啊。」莉莉張大了嘴，示意康萊餵牠吃零食。

　　康萊替牠們按摩、擦背、餵食，忙得不可開交。

　　而度假酒店裡，還有一個藤蔓園區，那裡有很多大樹和藤蔓，供人猿和猴子活動之餘，也開放給人類小孩來玩耍。

　　小泰擔任導師，教導小孩盪藤蔓，「你們學會了沒有？」

　　「學會了！」孩子們都十分興奮，個個已經爬在樹上，抓住了藤蔓，躍躍欲試。

　　小泰和珍妮也在大樹上，抓住了藤蔓，準備

就緒。小泰喊道：

準備，三、二、一！
人猿王子和森林公主來了！

哦哦哦……

小泰和珍妮一同吶喊著，盪起藤蔓來，盪得又高又遠。

其他小孩也紛紛跟著盪，還學小泰那樣喊叫：

哦哦哦……

他們在藤蔓園區盪來盪去，就像一群孩子在「波波池」裡玩耍一樣，但這裡比「波波池」

好玩刺激得多了。

　　而一批動物度假完，返回森林，森林裡又有另一批動物爭相排隊前來度假，**絡繹不絕**，真的熱鬧非常。

Vol.**34**

童話夢工場

古堡公主德古拉

青春不老的海倫發現
自己竟然是吸血鬼家族的
唯一傳人，繼承了德古拉
古堡之後，在骷髏精靈的
慫恿下，入讀了一所貴族
學院，遇上一個比她更像
吸血鬼的同學維克多。

2024年10月出版

創造館 CREATION CABIN

Guideguide hk

創造館童書網上銷售店

guideguideshop.hk

最齊全

有售所有童書系列期數，大部分書刊88折；部分套裝更以有至抵優惠價。

最方便

購物滿 $480，即免運費包郵送到府上；出貨快捷。

最獨家

網店獨家發售各款文具精品，並經常在出貨時送上驚喜小禮物。

童話夢工場

角色圖鑑：一切的解答

CHARACTERS'
BOOK
OF
ANSWERS

這一次，Fans 不可能不收藏吧！
橫跨年齡、接通心靈，與內在對話之書──
一次過回味過往的故事，
最豪華的收藏，滿滿的回憶殺！！！

華麗硬皮精裝　匯聚所有的愛

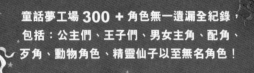

童話夢工場 300＋角色無一遺漏全紀錄，
包括：公主們、王子們、男女主角、配角、
歹角、動物角色、精靈仙子以至無名角色！

展示畫家貓十字歷年來為角色創作的
不同造型、服飾等設定，細節部分歎為觀止。

收錄精美彩圖，如同畫冊。

不僅是一本齊全的角色圖鑑，
還通過角色傳遞生活智慧。

100＋中英對照金句，只須翻到其中一頁，
即可以得到靈感或指引，
讓讀者探索心靈、啟發成長！

恆 久 珍 藏

2024書展搶先出版

地表最強的非嚴肅教學

可以拿來打開話匣子：
你知唔知吖⋯

可以排解寂寞：
揾下延伸資料先⋯

可以增長見識：
㗒，原來係咁嘅⋯

適合對象：小一至小六
（小學人文科及科學科輔助讀物）

趁著小學常識科即將改革，分拆為人文科及科學科
（24/25學年試行，25/26學年在小一及小四推行，27/28學年全面實施）

我們早一步呈獻相關課題參考書——
更著重趣味、更刁鑽、更有世界觀！

2024書展搶先出版

期待度最高的
第二季！

再度攜手寫下
大學篇精采故事～

原班創作人馬

—— 作者 ——　　—— 插畫 ——

卡特 × 魂魂SOUL

回應你們
的念記和呼喚

同造館 CREATION CABIN

推理七公主 II

載譽歸來！

消息一出——

Hazel Ng OMG! YES!

Lam Keira 最愛小綾！！！啊啊啊啊啊啊
期待了很久終於出第二季！！！

Wing Cheung 好期待呀！

Karine 恭喜出第二季！YEAH！

Keaixianonaliao 紫語短髮新造型好好睇！

念念不忘　必有迴響
—— 2024年7月書展 ——
七個美少女再度登場

暢銷榜NO.1童書

Adaptation
Kenny Kan

Illustration
Neko Kreuz

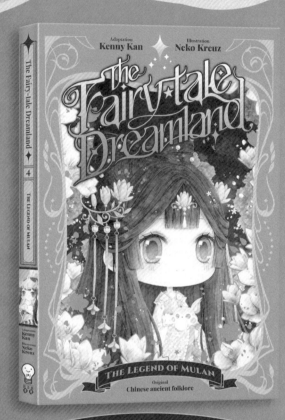

THE LEGEND OF MULAN

花木蘭傳奇

「用英文講述的中國風民間故事！」
"Chinese-style folk tales told in English!"

2024夏季出版

《童話夢工場》英文版

Adaptation
Kenny Kan

Illustration
Neko Kreuz

The Fairy-tale Dreamland

5

THE GLASS SLIPPER PRINCESS

Original
Charles Perrault

◆ **資深英語編輯編修**
Edited by a senior English editor.

◆ **配合中文版本可作中英對讀**
Compatible with the Chinese version for bilingual reading.

◆ **每個章節後包含句式學習及閱讀理解問題**
Each chapter includes idioms learning and reading comprehension questions.

◆ **免費附設語音導讀，英文母語人士朗讀全本故事。**
Comes with a free audio guide, narrated by a native English speaker throughout the entire story.

THE GLASS SLIPPER PRINCESS

玻璃鞋公主

「作者耿啟文全系列最喜歡的一本！」
"The favorite book of the entire series by the author Kenny Kan!"

Released in Summer 2024

童話夢工場

森林公主與猿族王子

Vol. 33

原著	愛德加・賴斯・巴勒斯
作者	耿啟文
繪畫	貓十字
策劃	余兒
編輯	小尾
設計	Zaku
出版	創造館
	CREATION CABIN LTD.
	荃灣美環街 1-6 號時貿中心 6 樓 4 室
電話	3158 0918
發行	泛華發行代理有限公司
	香港新界將軍澳工業邨駿昌街七號二樓
印刷	高科技印刷集團有限公司
出版日期	2024 年 7 月
ISBN	978-988-70524-8-7
定價	$78
聯絡人	creationcabinhk@gmail.com

fairytale.picturebook 　　童話夢工場

製作　　　　　　出版　　　　　　　　　　　官方網站

CREATION CABIN